# Knock

FichesdeLecture.com

# *Knock*
# (Fiche de lecture)

## I. INTRODUCTION

*Knock ou le Triomphe de la médecine* est une pièce en trois actes et en prose élaborée par Jules Romains (1855-1972). Le véritable nom de l'auteur est Louis Farigoule, mais il choisit d'écrire sous un pseudonyme. La pièce est mise en scène pour la première fois à la Comédie des Champs-Élysées le 15 décembre 1923, par Louis Jouvet en particulier, à qui la pièce est d'ailleurs dédiée. L'ouvrage paraît en volume chez Gallimard en 1924.

Avec cette pièce, Romains s'inscrit dans la tradition littéraire de la satire des médecins, très courante en France. Dès le Moyen-Age en effet, des ouvrages tels que *Le Vilain Mire* s'y intéressent. Un peu plus tard, ce sera au tour de Molière de donner ses lettres de noblesse au sujet. De nombreux auteurs ont donc dénoncé le charlatanisme et la crédulité. Jules Romains quant à lui à repris ces idées et leur a donné une dimension oscillant entre comédie et tragique.

## II. RÉSUMÉ DE LA PIÈCE

### Acte I

Le Docteur Knock, le héros de cette pièce, a racheté la clientèle de son confrère le docteur Parpalaid. Mais lorsqu'il arrive à Saint-Maurice, où il doit justement récupérer le cabinet, il s'aperçoit qu'il s'est fait avoir.

En effet, le cabinet ne fonctionne plus vraiment depuis déjà des années. Mais Knock ne se désespère pas et décide de parier qu'il arrivera en trois mois à des résultats prometteurs, en ayant recours à des « méthodes entièrement neuves »... il n'en dit pas plus sur ces dernières.

## Acte II

Il commence par offrir des consultations gratuites à la population. Cela lui vaut la visite de bien des curieux, chez qui il diagnostique de bien curieuses maladies. Les premières victimes du Docteur Knock sont, entre autres, le tambour de la municipalité, une dame en violet, une dame en noir, et deux hommes du village. Tous repartent du cabinet véritablement impressionnés et reconnaissants envers le Docteur. Mais en même temps, ils sont convaincus que leur état est grave…

## Acte III

L'échéance des trois mois est arrivée. C'est le moment que choisit le docteur Parpalaid pour revenir à Saint-Maurice. En son absence, la ville a bien changé. Par exemple, « L'hôtel de chef-lieu de canton » ressemble de plus en plus au « Médical-Hôtel ».

En se renseignant rapidement le Docteur apprend que Knock a en moyenne cent cinquante visiteurs par semaine à son cabinet, et qu'il effectue 250 visites à domicile dans le même intervalle de temps.

Parpalaid reste incrédule devant l'ampleur du phénomène. Il pense même, du même coup, à reprendre son ancien cabinet. Mais lui aussi cède à Knock lors d'une consultation qu'il finit par demander.

# III. PRÉSENTATION DES PROTAGONISTES

## Docteur Knock

Le Docteur Knock est le portrait type du charlatan, à l'image de toutes les caricatures de médecins peu scrupuleux que l'on peut également retrouver dans la bande dessinée.

Il est manipulateur, rusé et a un sens aigu du commerce, puisqu'il parvient à faire de la médecine un véritable fonds de commerce. Knock est donc médecin, certes, mais surtout un escroc qui parvient à utiliser la peur chez les gens pour les faire revenir. Il fait à cet égard preuve d'une intelligence pragmatique, presque machiavélique, en offrant d'abord des consultations gratuites.

On peut ajouter à ce portrait qu'il est ambitieux et a le sens du défi ; en effet, après s'être fait avoir en rachetant la clientèle fantôme du cabinet, il aurait pu abandonner, ce qui n'est pas le cas.

À l'origine, Jules Romains avait pensé à un autre nom pour le médecin, ce que l'on a découvert dans ses brouillons : il s'agissait de Lamendin.

Mais le nom de Knock est bien plus efficace pour plusieurs raisons :

- il est facile à retenir du point de vue des sonorités utilisées
- sa traduction de l'anglais permet d'exprimer toute la signification du personnage : to knock signifie « frapper », ce qui peut être pris dans plusieurs sens. D'abord, il souligne le côté frappant d'un tel personnage, mais il permet aussi de donner une dimension symbolique, car Knock vient frapper à la porte de notre crédulité. Mais il est aussi, par son nom, l'intrus, le parasite qui vient s'introduire dans notre intimité et jouer de nos peurs les plus profondes.

## Les autres personnages

On peut les regrouper en un groupe spécifique, puisque tous apparaissent comme des moutons de Panurge, même l'ancien médecin à la fin de la pièce.

Ils se font tous avoir par Knock (d'où le « triomphe, d'ailleurs), par des procédés pourtant basiques. On peut s'inquiéter de la crédulité de toute une population, même de Parpalaid, et déjà s'interroger sur l'impact d'un discours soi-disant expert sur des hommes qui en sont dépendants, même à l'heure actuelle.

Tous incarnent les manipulations autour de la peur, que l'on retrouve souvent en politique. Knock parvient à les convaincre, et les persuader d'ailleurs, qu'ils vont avoir besoin de soins coûteux et sur du long terme.

# IV. AXES DE LECTURE

## La démagogie trompeuse

La pièce vise d'abord, dans la tradition du *Malade imaginaire* de Molière, à dénoncer un charlatan. Knock consacre en effet tous ses efforts à prouver que « les gens bien portants sont des malades qui s'ignorent ». Ne déclare-t-il pas d'ailleurs au pharmacien que « la santé n'est qu'un mot, qu'il n'y aurait aucun inconvénient à rayer du vocabulaire. Pour ma part, je ne connais que des gens plus ou moins atteints par des maladies plus ou moins nombreuses à évolution plus ou moins rapide ».

C'est par des procédés démagogiques, la force de la suggestion et un grand sens de l'observation que l'ancien marchand de cravates et d'arachide parvient à s'emparer de l'esprit et de l'argent de ses patients.

Voici par exemple l'un de ses procédés favoris :

*« Je les mets au lit, et je regarde ce qui va pouvoir en sortir : un tuberculeux, un névropathe, un artérioscléreux... »*

La satire psychologique se joint alors à la farce, en raison de l'absence (ou presque) de résistance à son succès. Même le dénouement est présenté sous la forme de bouffonnerie, à travers de nombreux effets de mise en scène : « Jusqu'à la fin de la pièce, l'éclairage de la scène prend peu à peu les caractères de la Lumière Médicale qui, comme on le sait, est plus riche en rayons verts et violets que la simple Lumière Terrestre ».

La pièce est donc avant tout un grand canular, dont la définition s'accorde parfaitement avec l'esprit de l'œuvre, puisqu'un canular désigne une blague qui se base sur la persuasion d'une personne naïve amenée à croire les choses et phénomènes les plus invraisemblables.

Jules Romains cherche donc à nous avertir de la démagogie, des beaux discours et de la force de persuasion du discours expert.

## La médecine pour faire fortune

Le Docteur Knock ne peut pas être réduit à l'image d'un charlatan. Il est en fait un personnage très original dans la tradition littéraire de la médecine, car c'est un homme d'affaires et, en tant que tel, il a d'ailleurs été négociant en cravates avant de se lancer dans la médecine. Sa nouvelle activité est donc bien lucrative. Lorsqu'il déclare que « nous devons travailler à la conservation du malade », le double sens est explicite. Il faut prévenir la maladie et la mort du patient, certes, mais aussi entretenir de manière durable leurs maux, car ils constituent les revenus de l'activité. Knock se révèle maître dans l'art de mettre ces principes en œuvre. En cela, il est précurseur des techniques d'anticipation et de création d'un besoin, que l'on retrouve dans de nombreux domaines commerciaux. La partie choquante est ici qu'il s'agit de la médecine, un domaine sacralisé. Par exemple, la publicité peut apparaître dérangeante.

Ensuite, Knock est un bon commercial car il a le sens de la négociation et de la diplomatie. Il n'hésite pas à demander conseil au docteur Parpalaid, tout en sachant pertinemment que ce dernier est incompétent.

Mais un détail est frappant dans ce portrait : le génie commercial de Knock n'est pas vraiment lié à l'attrait de l'enrichissement car, même lorsqu'il commence à vraiment bien gagner sa vie, il se montre désintéressé de l'argent lui-même, préférant privilégier le pouvoir et l'influence qu'il retire de ses activités de « docteur ».

## Les dérives de l'expertise

Cela nous amène tout naturellement à considérer le pouvoir tiré du statut d'expert dans un domaine, ici la médecine.

Rappelons d'abord que Knock est loin d'être un médecin compétent, puisqu'il utilise les notices des médicaments pour apprendre la médecine. Mais c'est la puissance découlant de son statut de docteur qui lui donne une grande influence sur les patients, aveuglés par le sentiment d'expertise qui émane de lui. Knock est donc à la fois commercial et acteur, et parvient à se donner l'image qu'il souhaite.

C'est pour cela d'ailleurs qu'il se fait appeler « Docteur ». L'utilisation du titre lorsque l'on s'adresse à lui permet de rappeler en permanence au patient à qui il s'adresse : un expert, un détenteur des connaissances médicinales. Du coup, il est obéi à la lettre et manipule à souhait les gens de son entourage.

Ensuite, il développe tout un jeu autour de la position de docteur, ayant recours à des schémas, des photos frappantes, un jargon spécifique déjà dénoncé par d'autres auteurs (notamment Molière). Son pouvoir de suggestion s'allie à sa position prétendue pour faire croire aux patients qu'ils sont réellement atteints d'un mal profond. Il y a donc une grande part de psychologie dans sa démarche.

De plus, il sait exploiter les autres professions à l'expertise spécifique, qu'il s'agisse du pharmacien ou de l'instituteur. Il utilise la psychologie individuelle, mais aussi du groupe.

L'autorité scientifique devient alors son principal atout, ce qui explique son positionnement vis-à-vis du développement du spiritisme dans le canton.

## Titre et sous-titre de la pièce

*Knock ou le Triomphe de la médecine* est un titre particulièrement ironique et provocateur, car il s'agit en fait du triomphe d'un charlatan.

## L'ambiguïté de l'œuvre

La pièce n'est cependant pas uniquement lisible d'une manière manichéenne. Elle porte en elle une certaine ambiguïté.

En effet, il est vrai que Knock paraît cupide et magicien de l'illusion, mais à certains moments, le protagoniste apparaît comme une victime de son propre comportement, et des mystères qu'il a lui-même entretenus. À ces instants précis, Knock a une dimension de sincérité qui laisse planer le doute quant à sa véritable identité.

Par exemple, dans la dernière scène de la pièce, le docteur confesse la chose suivante : dès qu'il voit un visage, il ne peut désormais plus éviter d'y apposer un diagnostic. Le phénomène est si aliénant qu'il déclare ceci : « À tel point que, depuis quelque temps, j'évite de me regarder dans une glace ».

Cette dualité doit être gardée en tête lorsque l'on lit la pièce ou qu'on en voit la représentation. Certains critiques ou metteurs en scène ont joué de cette dimension duale, à l'image de Louis Jouvet au cinéma.

Car, dès lors qu'on concède à Knock une dualité fondamentale et que l'on dépasse la simple image de l'escroc et du charlatan, force est de constater qu'il apparaîtrait plutôt comme un symbole, un prophète d'une religion nouvelle spécifique à notre époque et notre société. Le leader d'hommes et le manipulateur transmettent un double message :

- Nous nous devons de réfléchir au phénomène de l'influence et de la soumission. À cet égard, dans un autre genre, nous pourrions mettre la démarche de l'auteur en parallèle avec les expériences menées sur la capacité d'un individu lambda à devenir un bourreau si un discours suffisamment expert l'en convainc.
- Nous devons aussi nous interroger sur la médecine en tant qu'elle peut incarner une grande crédulité des patients. En fait, c'est la question plus large d'une foi aveugle dans le progrès qui est abordée ici par Romains.

La littérature continuera d'ailleurs à traiter de l'imposteur qui détourne des tendances modernes et manœuvre pour ses propres profits.

Ainsi, le personnage de Knock annonce l'opportuniste des *Hommes de bonne volonté*, Nodiard, qui utilise son charisme pour prendre le pouvoir, en bon héritier fasciste.

Knock est cependant spécifique, car son ambition est finalement assez limitée, d'un point de vue géographique tout au moins.

Du coup, il est un personnage comique, ce qui n'est pas le cas de Nodiard. Nous pouvons encore sourire ou rire des manipulations de Knock, surtout lorsque l'arnaquer Parpalaid devient le dindon de sa propre farce.

Mais certains critiques ont vu dans le personnage une incarnation presque tragique, une figure mystique désabusée. Cela tient notamment à cette déclaration du Docteur dans l'Acte I :

*« Tous les métiers sécrètent l'ennui (…). Il n'y a de vrai, décidément, que la médecine, peut-être aussi la politique, la finance, le sacerdoce que je n'ai pas encore essayés. »*

C'est peut-être pour cette raison que, malgré un immense succès en tant que pièce comique, Georges Pitoëff a caractérisé *Knock* comme une « pièce macabre » qui dépeint « l'affreuse tragédie de son époque ».

# Dans la même collection en numérique

*Les Misérables*
*Le messager d'Athènes*
*Candide*
*L'Etranger*
*Rhinocéros*
*Antigone*
*Le père Goriot*
*La Peste*
*Balzac et la petite tailleuse chinoise*
*Le Roi Arthur*
*L'Avare*
*Pierre et Jean*
*L'Homme qui a séduit le soleil*
*Alcools*
*L'Affaire Caïus*
*La gloire de mon père*
*L'Ordinatueur*
*Le médecin malgré lui*
*La rivière à l'envers - Tomek*
*Le Journal d'Anne Frank*
*Le monde perdu*
*Le royaume de Kensuké*
*Un Sac De Billes*
*Baby-sitter blues*
*Le fantôme de maître Guillemin*
*Trois contes*
*Kamo, l'agence Babel*
*Le Garçon en pyjama rayé*
*Les Contemplations*

*Escadrille 80*
*Inconnu à cette adresse*
*La controverse de Valladolid*
*Les Vilains petits canards*
*Une partie de campagne*
*Cahier d'un retour au pays natal*
*Dora Bruder*
*L'Enfant et la rivière*
*Moderato Cantabile*
*Alice au pays des merveilles*
*Le faucon déniché*
*Une vie*
*Chronique des Indiens Guayaki*
*Je voudrais que quelqu'un m'attende quelque part*
*La nuit de Valognes*
*Œdipe*
*Disparition Programmée*
*Education européenne*
*L'auberge rouge*
*L'Illiade*
*Le voyage de Monsieur Perrichon*
*Lucrèce Borgia*
*Paul et Virginie*
*Ursule Mirouët*
*Discours sur les fondements de l'inégalité*
*L'adversaire*
*La petite Fadette*
*La prochaine fois*
*Le blé en herbe*
*Le Mystère de la Chambre Jaune*
*Les Hauts des Hurlevent*
*Les perses*
*Mondo et autres histoires*
*Vingt mille lieues sous les mers*
*99 francs*
*Arria Marcella*
*Chante Luna*

*Emile, ou de l'éducation*

*Histoires extraordinaires*

*L'homme invisible*

*La bibliothécaire*

*La cicatrice*

*La croix des pauvres*

*La fille du capitaine*

*Le Crime de l'Orient-Express*

*Le Faucon malté*

*Le hussard sur le toit*

*Le Livre dont vous êtes la victime*

*Les cinq écus de Bretagne*

*No pasarán, le jeu*

*Quand j'avais cinq ans je m'ai tué*

*Si tu veux être mon amie*

*Tristan et Iseult*

*Une bouteille dans la mer de Gaza*

*Cent ans de solitude*

*Contes à l'envers*

*Contes et nouvelles en vers*

*Dalva*

*Jean de Florette*

*L'homme qui voulait être heureux*

*L'île mystérieuse*

*La Dame aux camélias*

*La petite sirène*

*La planète des singes*

*La Religieuse*

*1984 A l'Ouest rien de nouveau*

*Aliocha*

*Andromaque*

*Au bonheur des dames*

*Bel ami*

*Bérénice*

*Caligula*

*Cannibale*

*Carmen*

*La peau de chagrin*

*La Petite Fille de Monsieur Linh*

*La Photo qui tue*

*La Plage d'Ostende*

*La princesse de Clèves*

*La promesse de l'aube*

*La Vénus d'Ille*

*La vie devant soi*

*L'alchimiste*

*L'Amant*

*L'Ami retrouvé*

*L'appel de la forêt*

*L'assassin habite au 21*

*L'assommoir*

*L'attentat*

*L'attrape-coeurs*

*Le Bal*

*Le Barbier de Séville*

*Le Bourgeois Gentilhomme*

*Le Capitaine Fracasse*

*Le chat noir*

*Le chien des Baskerville*

*Le Cid*

*Le Colonel Chabert*

*Le Comte de Monte-Cristo*

*Le dernier jour d'un condamné*

*Le diable au corps*

*Le Grand Meaulnes*

*Le Grand Troupeau*

*Le Horla*

*Le jeu de l'amour et du hasard*

*Le Joueur d'échecs*

*Le Lion*

*Le liseur*

*Le malade imaginaire*

*Le Mariage de Figaro*

*Le meilleur des mondes*

*Le Monde comme il va*

*Le Parfum*

*Le Passeur*

*Le Petit Prince*

*Le pianiste*

*Le Prince*

*Le Roman de la momie*

*Le Roman de Renart*

*Le Rouge et le Noir*

*Le Soleil des Scortas*

*Le Tartuffe*

*Le vieux qui lisait des romans d'amour*

*L'Ecole des Femmes*

*L'Ecume Des Jours*

*Les Bonnes*

*Les Caprices de Marianne*

*Les cerfs-volants de Kaboul*

*Les contes de la Bécasse*

*Les dix petits nègres*

*Les femmes savantes*

*Les fourberies de Scapin*

*Les Justes*

*Les Lettres Persanes*

*Les liaisons dangereuses*

*Les Métamorphoses*

*Les Mouches*

*Les Trois mousquetaires*

*L'étrange cas du Dr Jekyll et de Mr Hyde*

*L'Ile Au Trésor*

*L'île des esclaves*

*L'illusion comique*

*L'Ingénu*

*L'Odyssée*

*L'Ombre du vent*

*Lorenzaccio*

*Madame Bovary*

*Manon Lescaut*

*Micromégas*

*Mon ami Frédéric*

*Mon bel oranger*

*Nana*

*Ne tirez pas sur l'oiseau moqueur*

*Notre-Dame de Paris*

*Oliver twist*

*On ne badine pas avec l'amour*

*Oscar et la dame rose*

*Pantagruel*

*Le Misanthrope*

*Perceval ou le conte du Graal*

*Phèdre*

*Ravage*

*Roméo et Juliette*

*Ruy Blas*

*Sa Majesté des Mouches*

*Si c'est un homme*

*Stupeur et tremblements*

*Supplément au voyage de Bougainville*

*Tanguy*

*Thérèse Desqueyroux*

*Thérèse Raquin*

*Ubu Roi*

*Un Barrage contre le Pacifique*

*Un long dimanche de fiançailles*

*Un secret*

*Vendredi ou la vie sauvage*

*Vipère au poing*

*Voyage au bout de la nuit*

*Voyage au centre de la terre*

*Yvain ou le Chevalier au lion*

*Zadig*

# À propos de la collection

La série FichesdeLecture.com offre des contenus éducatifs aux étudiants et aux professeurs tels que : des résumés, des analyses littéraires, des questionnaires et des commentaires sur la littérature moderne et classique. Nos documents sont prévus comme des compléments à la lecture des oeuvres originales et aide les étudiants à comprendre la littérature.

Fondé en 2001, notre site FichesdeLectures.com s'est développé très rapidement et propose désormais plus de 2500 documents directement téléchargeables en ligne, devenant ainsi le premier site d'analyses littéraires en ligne de langue française.

FichesdeLecture est partenaire du Ministère de l'Education du Luxembourg depuis 2009.

Plus d'informations sur www.fichesdelecture.com

Notes :